Gris comme le *coeur* des indifférents

73, boulevard de Sébastopol, 75002 Paris
Diffusion : Interforum

Directeur éditorial : Jean-Paul Arif
Responsable éditoriale : Floria Guihéneuf
Éditrice : Dorine Borghino
Mise en page : Virginie Langlais
Correction : Caroline Vanhoove
ISBN : 978-2-38167-153-6
Dépôt légal : mars 2023

Pascaline Nolot

Gris comme le cœur des indifférents

ScriNeo

Le gris est le cendrier du soleil.
Malcolm de Chazal

Hier, Papa a frappé Maman.

C'était un jour banal, plombé seulement par la couleur du ciel et les hurlements. Un jour gris. Gris comme le cœur des indifférents.

1

Jour blanc

Les couleurs n'existent plus, à présent. Plus vraiment. Notre vie a pris une teinte immaculée, nuance insipide avec une touche de vide.

Autour de nous, les murs affichent un blanc provocant, presque offensant, comme si le monde avait basculé tout entier dans une répugnante monochromie. On dirait un tableau mort-vivant, dépouillé de ses pigments.

Le ballet des blouses médicales, celui des malades ou des visiteurs au teint pâle… Tout m'attriste la rétine dans ce long couloir d'hôpital.

— Ça va, Lyra ?

Assise à mes côtés, Maman s'inquiète pour moi. En vérité, elle n'a pas vraiment parlé. Cette question, c'est sa main au-dessus de la mienne qui l'a posée, avec sa paume qui m'effleure à peine. Peut-être ressent-elle la fêlure en moi et craint-elle de me briser. Alors que c'est elle, la véritable blessée. La fracassée.

— Ça va, murmuré-je dans un souffle, sans oser la regarder.

Tandis que je fixe d'un regard brouillé une affiche pour le don du sang, nous savons toutes les deux que je mens. Une infirmière s'arrête à notre niveau au même instant.

— Quelqu'un s'occupe de vous ? s'enquiert-elle d'un ton prévenant. Je peux faire quelque chose ?

Cette fois, je lance un rapide coup d'œil vers ma mère. Silencieuse, elle se contente de secouer la tête en signe de dénégation. Je l'imite. Qu'y aurait-il à faire ? À part changer de mari et de père ?

L'infirmière hésite.

— Si vous avez besoin de parler…

Je me racle la gorge pour l'interrompre. *Pas maintenant*. Maintenant, cela ne servirait à rien.

Je suis trop occupée à hurler à l'intérieur de moi.

— D'accord, on n'est pas obligées de discuter. Je peux... Je peux juste m'asseoir avec vous, si vous préférez.

Elle m'agace avec son insistance bienveillante.

Pourtant, je devrais la comprendre. L'impuissance face au malheur des autres constitue quelque chose d'insupportable. Je suis mal placée pour l'ignorer. L'ironie, c'est que, actuellement, celui de nous trois qui a le plus besoin d'assistance est l'homme qui nous a réduites à ça, Maman et moi. Un binôme en pièces. Une fracture ouverte.

— Ma grand-mère va bientôt arriver, déclaré-je de la manière la plus sèche possible.

D'un discret chatouillis sur mes doigts, ma mère me prie de ne pas reporter ma colère sur cette gentille inconnue. La fureur mal dirigée, elle ne l'accepte plus.

— Pas la peine de rester, mais merci, m'empressé-je d'ajouter d'une voix plus douce.

L'infirmière tergiverse encore quelques secondes. Elle finit par céder au devoir qui l'appelle ailleurs et repart en trombe, avalée par l'agitation du couloir.

Trop tard ! Avant qu'elle ne se volatilise, j'ai quand même eu le temps de lire la pitié dans ses grands yeux fatigués. Pourquoi cela me contrarie-t-il autant ? Pourquoi est-ce que je me soucie de son opinion ?

Je me recroqueville dans le fond de mon siège en soupirant. Il va falloir que je m'y habitue, je suppose… Désormais, les gens vont me voir comme *ça*. Ils vont me définir par *ça*.

Je ne suis plus Lyra Gautier.

Je suis devenue « la fille de la femme battue ».

2

Jours polychromes

Je sens mon cœur qui saute... En fait, non. C'est juste mon portable qui vibre contre mon sein gauche, niché dans la poche intérieure de ma veste en jean. Comme une mini-bombe sur ma poitrine.

J'attrape l'appareil frémissant, qui cesse de palpiter une fois libéré. L'écran s'illumine d'un texto surmonté des initiales GM. Grand-Ma. Ou Générale-Major, telle que toute la famille se plaît à la surnommer en secret. Aussi aimable qu'une porte de prison, plus raide que la Justice inflexible, voilà les caractéristiques qui lui valent ce délicat sobriquet.

Je touche sa prose du bout du pouce afin de découvrir le message dans son intégralité.

Grand-Ma
Emboutages ! La route appartient aux imbéciles ! Résultat : je ne sais pas quand j'arrive. Comme si on avait le temps de perdre son temps à mon âge ! Prière de m'attendre !!!

« Emboutages ». Elle a dû vouloir écrire « Embouteillages », je suppose. « Prière de m'attendre ». Que pourrions-nous faire d'autre ? Nous n'avons plus vraiment le choix.

Je montre le SMS à Maman.

— C'est du Générale-Major tout craché, commente-t-elle en étouffant un gloussement.

Nous éclatons de rire en chœur, imperméables aux regards scandalisés par notre joie déplacée. Je me moque bien des offensés. Cette hilarité inespérée me traverse le corps et l'âme, balayant toute souffrance sur son passage. J'aimerais que le tsunami dure une éternité. Qu'il nous emporte à jamais, effaçant les ecchymoses maternelles et noyant ma peine. Pourtant, déjà, la vague retombe, et le chagrin revient.

Mais la tristesse en moi monte comme la mer,
Et laisse, en refluant, sur ma lèvre morose
Le souvenir cuisant de son limon amer.

Les vers de Baudelaire, disséqués en cours, m'envahissent l'esprit. J'observe ma mère, fleur fanée par le mâle. Ses épaules cessent peu à peu de tressauter. La gaieté l'abandonne, elle aussi. Depuis combien de temps n'y avait-elle pas cédé ?

— Ne pleure pas, mon bouchon ! m'intime-t-elle en me caressant les cheveux.

Je ne proteste ni contre la cajolerie ni contre le petit nom resurgi de mon enfance. Parfois, la tendresse, c'est la seule façon de résister à la violence. De ne pas la laisser gagner ou nous gagner.

Maman est forte. Un milliard de fois plus que moi. Avec le recul, j'en prends conscience. Elle me sourit malgré la douleur. Au travers du malheur. Pour me communiquer ce courage que je ne possède pas. Je ne laisserai plus jamais personne affirmer qu'une femme battue est un être faible. Je ne le penserai plus jamais. Qui, mieux qu'elle, sait se relever chute après chute pour continuer à exister ? Quitte à ramper d'abord dans son propre sang...

— Arrête de penser à ça, chuchote-t-elle, lisant sans doute sur mon visage la tournure prise par mes réflexions. Concentre-toi sur les points d'exclamation.

Les points d'exclamation : la ponctuation infernale de Grand-Ma, notre Générale sans compassion. Je me raccroche au message reçu. Bizarrement, cela me fait du bien. Son style sec et sans pitié, dénué de la moindre sollicitude à notre égard, éloigne mes visions écarlates. Du reste, il serait inexact de prétendre que toute notre vie a été imprégnée de cramoisi. À moins, hélas, que Maman n'ait saigné chaque jour en elle-même.

Ce dont je suis certaine, c'est que j'ai connu des tonnes de journées arc-en-ciel. Lorsque j'étais enfant, il y a si longtemps... Des jours jaune soleil éclatant, quand Papa construisait des châteaux de sable géants sur les plages de nos vacances. Des jours bleu azur, quand il me soulevait de terre pour me faire planer au-dessus de sa tête, tel un moineau prêt à toucher les nuages du frêle bout de ses ailes, avant de me serrer fort contre lui, encore tout étourdie. Des jours pivoine et framboise, quand il rentrait du travail avec un superbe bouquet de fleurs « pour embaumer la maison » ou avec une jolie boîte en carton abritant notre tarte préférée « pour égayer le dîner ». Il y a eu encore bien d'autres couleurs. J'étais petite fille, c'était le bonheur.

Aujourd'hui, j'ai quinze ans. Il ne reste plus rien de ces coloris joyeux. Tout s'est dilué au fur et à mesure que j'ai grandi. La naissance de mes frères n'a rien arrangé, bien au contraire. Les jumeaux n'ont que six ans. Leur arrivée dans notre foyer était-elle préméditée ? Mes parents l'avaient-ils envisagée comme un potentiel nouveau ciment pour leur couple fissuré ou s'agissait-il d'un « accident » ? Je n'en ai jamais discuté avec Maman, de peur de la blesser maladroitement. Quant à mon père, je ne lui ai pas non plus posé la question. Même plus jeune, plus naïve, je savais d'instinct que si ce genre d'interrogation franchissait la barrière de mes lèvres, il risquerait de se braquer, de hurler, et que je déchaînerais les Enfers. Il était déjà devenu un autre homme.

Mais peut-être n'a-t-il jamais changé, en réalité. Peut-être est-ce simplement moi qui, un matin, ai fait sauter de mes yeux les croûtes d'innocence qui m'aveuglaient.

Là, j'ai commencé à voir, derrière la muraille des faux-semblants, le sinistre individu qu'il est vraiment.

3

Jour noir

Je n'envoie pas de réponse à Grand-Ma. De toute manière, elle n'en espère pas, je crois. Ce n'est pas dans son caractère. Elle répète tout le temps qu'il ne faut rien attendre de la vie, ni des gens. Qu'il faut se préserver, se blinder. Que cela évite la déception et les cœurs brisés. Sans cesse, elle égrène sa philosophie amère, forgée à l'aune de l'expérience des années. Elle a peut-être raison : pas d'espérance, pas de souffrance. Mais cela vaut-il la peine d'exister sans vibrer ?

Je n'ai aucune envie de culpabiliser en songeant que nous aurions dû l'écouter. Je range mon téléphone dans ma veste pour faire taire les regrets.

— Lyra, cela n'aurait rien changé, murmure Maman à mon oreille. L'indifférence n'aurait pas effacé sa violence. Sa haine, son mépris, ses coups… ton père a besoin de les distribuer.

« Besoin ». Est-ce le terme approprié ? En tout cas, il ne peut pas s'en empêcher. « Distribuer », cela ne convient pas non plus. Pas du tout. Parce qu'il n'y a jamais eu que ma mère pour récolter les injures et les blessures.

Pour s'interposer lorsque les rages paternelles menaçaient parfois de m'emporter aussi dans leur tourbillon destructeur. Pour me servir de bouclier. D'abri contre la tempête. Pendant que moi, je prenais la fuite, la laissant tout encaisser, partant me cacher avec mes frères afin de les protéger. Je me suis toujours efforcée d'être la meilleure des grandes sœurs. En revanche, je suis une mauvaise fille.

— Les enfants ne devraient pas avoir à protéger un de leurs parents. Ou à se protéger eux-mêmes de l'un d'entre eux.

Encore Maman. Toujours tout bas, peut-être pour dissimuler la peine qui étrangle sa voix. C'est raté, pourtant. Même si elle ne s'exprimait plus que par des silences, je percevrais chaque note muette de son tourment.

Auparavant, je n'en étais pas capable ; je ne l'entendais pas vraiment. Il aura fallu cet hôpital et son atroce couloir blanc...

Y a tant de vagues et de fumée
Qu'on n'arrive plus à distinguer
Le blanc du noir
Et l'énergie du désespoir

Mon cerveau vrille, attaqué par les paroles de Michel Berger. Un des chanteurs préférés de ma mère. Elle et ses goûts de vieille, ça me donnerait presque envie de m'esclaffer. Sauf que, là, le rire libérateur ne vient pas.

Je m'en irai dormir dans le paradis blanc
Où les nuits sont si longues qu'on en oublie
le temps

Tout seul avec le vent
Comme dans mes rêves d'enfant

Cette fois, la musique pleure et les larmes coulent en moi.

Je m'en irai courir dans le paradis blanc
Loin des regards de haine
Et des combats de sang
Retrouver les baleines
Parler aux poissons d'argent
Comme, comme, comme avant

C'est beau, cette image. Moi, dans ma tête, il n'y a pas de cétacé, pas de poisson aux reflets irisés. Juste des lamantins qui se débattent dans l'océan de mon chagrin.

— ***T'as pas bientôt fini de pleurnicher ?***

La voix de mon père, son timbre enragé, me tire du blanc tristesse vers le noir détresse. Vers les souvenirs et l'obscurité.

— ***Non mais tu t'es regardée avec ta morve au nez ? On dirait une gamine défigurée ! Il t'a déjà***

vue dans cet état, l'Autre que t'es allée aguicher quand j'avais le dos tourné ?

Ça y est, cela recommence. Ce n'est pas une absence, plutôt une réminiscence. Un phénomène fréquent, qui me perturbe souvent. Partout. À n'importe quel moment, en compagnie de n'importe qui. Un peu comme si j'étais l'héroïne bancale d'une série sur le thème des boucles temporelles. Ou juste un personnage bizarre, coincé dans un mauvais rôle, prisonnier d'un scénario répétitif projeté par son propre esprit perturbé... Parfois, je me dis que je deviens folle.

Cherchant une infirmation, je regarde Maman assise à côté de moi. Égarée à son tour dans ses propres pensées, elle ne réagit pas. De toute manière, elle ne connaît pas mon secret. *Ce* secret. Je suis toujours restée muette. Comme une tombe.

Tout à coup, ma mère s'extirpe de ses songes éveillés – qui doivent plutôt ressembler à des cauchemars – pour me jeter une œillade préoccupée. Je me rends compte que je viens de ricaner. Je tente de me reprendre. Je ne dois pas lui montrer que mes nerfs risquent de lâcher. Je lui adresse un sourire blafard et lui fais signe que ~~tout va bien~~ tout ne va pas mal.

Je suis une arracheuse de dents. Je mens, je mens, je mens. Personne n'est au courant. Que le passé me rattrape, que des souvenirs dangereux, ténébreux, me happent. Je n'ai pas cent ans, je ne suis pas un soldat, mais on dirait que j'ai fait la guerre. Ou deux, ou trois... J'ai des souvenances de tranchées, de lignes de front, de combats. Plein de batailles qui ne m'appartiennent pas. Malgré tout, j'étais là. Sur place. Elles m'ont abîmée. Elles refusent de me laisser en paix. Leur mémoire me glace. Elle perturbe ma concentration, m'assaille en classe. Je me demande pourquoi ma tête me torture de cette façon. Mon inconscient jugerait-il qu'il n'y a pas assez d'affliction pour moi dans les instants présents ?

— Lâche-moi, je t'en prie ! Les enfants sont à la maison.

Je retiens très fort un second rire amer. « Les enfants sont à la maison » constitue un argument qui n'atteint ni ne calme jamais mon père. Au moins, cela prouve que, au cœur des pires moments, notre mère ne cesse de penser à nous. C'est si étrange de l'entendre supplier alors qu'elle est assise juste à côté de moi... Tel un marécage boueux, le souvenir sombre m'englue peu à peu.

— ***T'es allée où ? Avec qui t'as parlé ??*** écume mon père.

Sa progéniture, il ne s'en préoccupe guère. Mais à ma mère, il parle comme à une gamine prise en faute. Selon lui, elle ne peut pas être uniquement partie en courses à l'épicerie. Elle a trop traîné. Elle est censée mettre 1 h 05 – il le sait, il a évalué, calculé, chronométré. Il veut bien lui accorder une tolérance de deux ou trois minutes, dans sa grande générosité. Elle a mis 1 h 13. C'est injustifiable. Qui a-t-elle dragué, cette allumeuse ? Il l'infantilise tout en la traitant d'adultère, de prostituée (car, dans ses propos, ses insultes, il s'agit bien de cela). Il ne voit pas la contradiction ou l'exagération.

Il vocifère. Il libère le monstre en lui, la Bête cachée sous le vernis.

Sous les injures qui continuent, j'entends les chocs. J'ai même appris à les reconnaître. Une tête qui heurte un mur, un corps qui tombe au sol...

Chaque horreur produit un bruit spécifique. C'est la plus glaçante de toutes les musiques. Un jour, j'étais si près, dissimulée, terrifiée, statufiée, que j'ai entendu les os de Maman craquer…

Mais ma mémoire me ramène vite au souvenir dans lequel elle a aujourd'hui décidé, sans me consulter, de me plonger. Elle joue avec moi, désire que je me noie. Patience, Mnémosyne*, ça arrivera… En attendant, je prends mon souffle et m'immerge encore un peu plus profond dans la fange.

Les camouflets se poursuivent sans relâche. Les coups comme les mots sales, orduriers. Des accusations infondées. « L'Autre » n'existe que dans les fantasmes pathologiques de mon père, rongé par sa jalousie maladive. Son délire lâché tel un hamster fou qui court dans sa roue, rien ne l'arrête… En dépit du volume sonore, j'essaie de ne plus m'attacher au sens des paroles prononcées. Mon cerveau s'efforce au mieux de les brouiller. Je ne supporte pas ce vocabulaire qui rabaisse, qui souille, qui met ma mère plus bas que terre.

* *Déesse de la Mémoire.*

Cependant, il y a plus éprouvant encore que les invectives et les impacts. Plus effrayant. Les sons qui proviennent d'elle, justement. Ceux-là, je voudrais les comprendre. Hélas, ils deviennent vite très faibles. Deux ou trois bouts de phrases qui tentent d'apaiser, de protester sans énerver – en vain, car la Bête est impossible à désamorcer –, puis des plaintes, des gémissements de moins en moins audibles. De son côté, cela se passe toujours ainsi. J'en ai tiré un enseignement : on ne peut parler et lutter pour sa propre survie en même temps. La seconde option requiert trop d'énergie pour gaspiller son souffle, surtout lorsque celui-ci n'est plus qu'un maigre filet d'air étranglé de souffrance.

– *C'est bientôt fini ?*

Le double murmure, empreint de terreur, me serre le cœur. Le fantôme des chuchotis synchrones de mes petits frères. En guise de réponse, je les serre contre moi. C'est tout ce que je peux faire.

Une fois de plus, j'ai délaissé ma mère. J'ai embarqué les jumeaux quand les braillements paternels sont devenus trop violents, laissant présager la suite terrible et ordinaire. Benjamin et Léo se trouvaient en haut, dans leur chambre, au milieu de leurs Lego. Ils avaient déjà stoppé leur jeu. Deux gamins trop sages en arrêt sur image... Dès qu'ils m'ont aperçue, ils se sont précipités à ma rencontre. En silence, avec leurs petits pieds nus.

Dans ce genre de circonstances, chacun de nous en a conscience : le bruit est notre ennemi. Si nous en faisions, cela pourrait détourner sur nous la fureur et l'attention. Moi vivante, mon père ne tapera jamais sur mes frères. Hors de question ! Eux, je peux encore les protéger...

Un frangin sous chaque bras, je les ai entraînés avec moi pour s'abriter. Maintenant, nous sommes là, barricadés dans les WC. La seule pièce de la maison qu'on puisse verrouiller... exception faite de la salle de bains, le refuge maternel, la tanière où elle se traîne afin de panser ses plaies et sa honte quand tout est fini, quand il n'y a plus de cris. Jusqu'à la fois suivante.

— *Ça pue...*, gémit Benji.

Il a raison. Le père était enfermé là il y a peu de temps ; on entendait des bruits dégoûtants.

Ses intestins sont aussi détraqués que lui, apparemment. Cela ne l'empêche pas de meugler et de mettre des raclées. Ma pauvre, pauvre Maman... Je ravale mes sanglots. Je ne veux pas affoler davantage les jumeaux.

Soudain, la lumière s'éteint. Notre trio tressaille.

— *Ce n'est rien*, m'empressé-je de glisser à l'oreille de mes cadets. *Juste l'ampoule qui a claqué. Je m'occuperai de la remplacer.*

Je les sens acquiescer, pas franchement rassurés. Unis, tremblants, nous patientons une éternité. Nous attendons. La colère qui retombe, le silence qui revient...

Pas encore.

Mon père continue sa crise au rez-de-chaussée. J'espère qu'il ne va pas monter... Je parle de crise, pourtant je crois que c'est son état normal, véritable. Dans ces moments-là, il n'a plus de barrière, plus de façade. Il est juste lui-même. Grâce à ça, les jumeaux et moi, nous savons que les monstres existent. Ils vivent à nos côtés, avec nous. Parfois, ils se font même appeler « Papa ». Les contes de fées n'ont rien inventé.

Je retiens mes pleurs à grand-peine. Si j'étais seule, je n'étoufferais pas cette bouffée de haine. Mais c'est trop risqué de sortir l'affronter, de m'en prendre à lui en présence des petits. Accablée, j'abaisse le couvercle de la cuvette des toilettes puis je m'y assois, Léo sur une cuisse, Benji sur l'autre. Du bout des doigts, chacun d'eux me caresse les cheveux. Leur tendresse ne me réconforte pas. Rien ne va. Tout est de pire en pire. Qu'est-ce qu'on va devenir ?

Tout à coup, j'ai l'horrible impression que cette pièce exiguë où nous nous sommes entassés me fournit la réponse, comme un reflet sans pitié : notre avenir s'annonce nauséabond et sombre. Dénué de toute lueur.

4

Jour rose

Un éclair.

Retour à la réalité. Au-dessus de nos têtes, la clarté du néon vient de vaciller. Sa faiblesse n'a duré qu'une demi-seconde. Est-ce un signe ? Pour exprimer quoi ? Que je dois m'accrocher à la lumière ? Qu'elle m'attend, quelque part à l'horizon ? J'avoue que je n'y crois guère.

— Si tu veux une barre chocolatée, j'en ai une dans mon sac, ma grande. Manger quelque chose de sucré te ferait du bien.

Maman me sourit. Elle essaie, du moins. Elle a le teint gris. Je secoue la tête, incapable d'évoquer le souvenir dont je conserve encore la nausée. Ma mère dit toujours « barre chocolatée », « céréales » ou « bonbon aux fruits » sans donner le nom des marques, comme si on se trouvait sur un plateau de télévision. Je trouve ça à la fois agaçant et attendrissant. Mon cœur bondit...

Non. C'est de nouveau mon téléphone qui vibre, avec insistance, contre mon buste. Je soupire. Un appel, maintenant ! Je n'éprouve aucune envie de subir les récriminations furibondes de Grand-Ma au sujet de la circulation saturée. De toute façon, je n'ai pas le droit de décrocher ici. Si tout le monde se mettait à beugler dans son portable, ce serait la cacophonie.

Les pommettes de ma mère reprennent un peu de couleur, un peu de vie. Elle me coule un regard amusé. Grand-Ma a dû essayer de la joindre aussi. Sans prendre la communication, nous nous représentons très bien son exaspération. Nous l'entendons presque résonner dans nos têtes : « Mais qu'est-ce qu'elles fabriquent, bon sang de bonsoir ?! Je viens pour elles et elles ignorent mes appels... Ma petite-fille et ma propre fille !

« Interdit » ? Comment ça, « interdit » ? Le règlement passe après la fami... OH, TU VAS L'AVANCER, TA GUIMBARDE ?! C'est vert, abruti, VERT !!! Il est daltonien ou quoi ? Qui m'a flanqué des imbéciles pareils sur les routes ?... Et vous deux, vous entendez ce que j'endure à cause de vous ? RAPPELEZ-MOI ! »

La Générale-Major adore les consignes, les normes, les lois... à condition que celles-ci se plient à son pas. À l'écouter, le monde entier devrait lui être subordonné.

Brève vibration. Aucun doute : message sur le répondeur. Je vais pouvoir comparer la réalité avec ma version extrapolée. Sans enthousiasme, je ressors mon portable. Me fige face au nom inscrit sur l'écran : Nathan. Un élève de ma classe. Pas n'importe lequel. Nathan, avec sa mèche rebelle qui vient sans arrêt chatouiller ses yeux clairs. Nathan, qui parle doucement, toujours d'humeur égale. Rien à voir avec la Générale...

J'ignorais qu'il avait mon numéro (j'ai le sien parce qu'il est délégué). Une de mes copines a dû le lui communiquer. Peut-être même qu'elles se sont toutes liguées contre moi. J'ai beau le nier avec une farouche mauvaise foi, elles ont remarqué qu'il me plaît depuis le début de l'année.

— *Allez, va le voir, ton Nathan ! Pourquoi tu ne lui demandes pas de sortir avec toi ? On n'est plus au vingtième siècle, c'est cool les filles qui prennent les devants !* ne cessent-elles de me harceler.

Elles sont persuadées que je crains de l'intimider, m'opposent qu'un mec ne comprend qu'une fille est intéressée par lui que si on lui met des sous-titres avec les barres sur les *t* et les points sur les *i*. Elles ne comprennent rien. Comment le pourraient-elles ? Alors, elles se lamentent que je devrais au moins être avenante au lieu de me renfrogner dès qu'il essaie de discuter.

— *OK, jouer la distance, ne pas se montrer acquise, c'est parfait ! Mais là, tu abuses, il croit que la porte est fermée !!*

C'est parce que je suis terrorisée. Résultat : il doit penser que je ne le supporte pas. Et il a voulu me joindre malgré ça... Est-ce que je compte pour lui ? Aurait-il des sentiments cachés ?

Je m'efforce de ne pas m'emballer. Tout bien considéré, seules les circonstances l'ont poussé à m'appeler. Sinon, il l'aurait déjà fait auparavant. Il est juste motivé par la curiosité ou la pitié. Une seule façon de s'en assurer, cependant...

— Tu veux un peu d'intimité ? me lance Maman, l'air innocent.

C'est sûr, elle a aperçu mon écran. Elle a l'œil perçant. Bienveillant, mais perçant. Pétillant, également. Elle se réjouit pour moi, de mes amours qui n'existent pas. Tant mieux ! Pendant qu'elle s'invente ma bluette, l'ombre de mon père ne rôde plus dans sa tête.

Je me décale sur ma chaise, jusqu'à me retrouver une fesse dans le vide, afin d'installer un peu plus d'espace entre nous. Pas trop, car je me refuse à lui tourner le dos. Ensuite, je consulte ma messagerie.

« Salut Lyra, c'est Nathan. Je... J'ai appris... »

Je l'entends qui déglutit.

« ... J'espère que ce n'est pas maladroit, ni indélicat, de te dire ça mais... si je peux faire quelque chose pour toi – pour vous –, n'hésite pas. Vraiment ! N'importe quoi. Tu... Tu n'auras qu'à demander. Voilà, je... Courage, je pense à toi. »

Bruit sourd, gémissement étouffé. Je me le figure en train de faire les cent pas chez lui et de se cogner les orteils contre un pied de meuble en embuscade sur son passage agité. « Fin des messages », m'annonce le téléphone que je range au ralenti contre mon cœur en folie.

J'ai le rose aux joues, je le sens. Comme si c'était le moment... Le romantisme n'a pas sa place dans cette journée. « Si je peux faire quelque chose pour toi – pour vous. » Au-delà de ce que je ressens pour lui, les mots de Nathan m'ont touchée. Je songe à mes petits frères, qui ne sont pas avec nous. Des parents d'une camarade d'école les gardent. Réfugiés, en sécurité. Pour l'instant...

Je frémis. Réoriente mes rêveries volontaires vers Nathan. Mes copines présument que c'est à cause de lui si mes notes ont drastiquement baissé. Soi-disant, je passerais trop de temps à contempler son dos ou son profil en cours. Elles sont à côté de la plaque, comme toujours. D'ailleurs, il ne s'agit pas d'un hasard si je les qualifie de simples copines, et non de vraies amies. Hormis notre scolarité, peu de points communs nous lient. Plus aucun, dès que les cours prennent fin.

Elles ont renoncé à m'inviter chez elles ou à leurs fêtes. De mon côté, rien qu'à l'idée de les convier à la maison, mes genoux jouent des castagnettes. Oh, face à elles, mon géniteur se tiendrait correctement ! Il se montrerait même charmant. Un comédien dans l'âme... qui, une fois les filles parties, se libérerait de sa frustration en cognant deux fois plus fort sur sa femme. C'est à ELLE que je pense en classe, tout le temps. Pas à Nathan. Je m'inquiète en permanence : se trouve-t-elle seule ou est-il à ses côtés ? Est-il bien disposé à son égard ou mal luné ? Pleure-t-elle ? A-t-elle mal ? Est-elle blessée, en danger ? Dans quel état est-ce que nous, ses enfants, allons la retrouver ce soir ?

Une tempête d'interrogations plus angoissantes les unes que les autres. Entre cet ouragan d'anxiété et les souvenirs qui surgissent pour m'attraper dans leurs griffes lugubres, impossible de me concentrer. Bien entendu, mes professeurs ont relevé mon inattention, ma prétendue torpeur. Il paraît que je devrais prendre rendez-vous chez un psychologue pour mes troubles, que cela m'aiderait à me recentrer. Formidable ! Mon père est un psychopathe, et c'est moi qui devrais me soigner ?

De toute façon, il ne me laisserait jamais me rendre à la moindre consultation. Pour lui, les psys, c'est « de la connerie, un truc pour les fous ». Il ne veut pas que je puisse le balancer, surtout. Si je dévoilais la vérité, son image en serait plus qu'écornée.

— *Ne t'avise jamais d'aller baver sur moi auprès de je ne sais quel apprenti-Freud...*, s'est-il contenté, une seule fois, de me susurrer.

La question a été réglée. Il avait rendu son ton suave si menaçant... J'ai pensé à Maman, et il était assuré que j'allais la boucler.

Voilà d'ailleurs pourquoi j'ai répondu non quand M. Bilici m'avait demandé, à la fin d'un de ses cours de physique-chimie, si j'avais des difficultés à la maison. Pas besoin d'être un génie pour comprendre que la mise en garde paternelle concernait aussi les professeurs. *Game over.*

— Alors, quand comptes-tu me parler de ce Nathan ?

Je sursaute, manque de chavirer de ma chaise

avec ma fesse par-dessus bord. Rétablissant mon équilibre de justesse, je me rassois correctement avant de contempler ma mère, qui darde sur moi des yeux noisette emplis d'allégresse. Je me réjouis de la voir ainsi, d'effacer le noir de son moral avec mon amour platonique inexprimable. Mais je me demande comment elle fait : ne redoute-t-elle point que ce garçon qu'elle ne connaît pas du tout se révèle à l'image de son époux ? A priori, il me semble gentil, innocent. En surface... Rien ne nous garantit qu'au fond, il ne soit pas méchant, violent. On ne connaît pas sur l'heure le vrai visage des gens. Il faut du recul. Beaucoup de recul.

La voilà, ma réalité pathétique, si éloignée d'un sentimentalisme au goût de guimauve : j'ai peur des hommes. Pour moi, ce sont des fauves. Alors, oui, « *Not All Men* », bla-bla-bla, j'en ai conscience. Néanmoins, quand on grandit depuis des années dans l'angoisse constante, comment est-il possible de faire confiance ? Lorsqu'on a sous les yeux, pour seul exemple masculin, un individu manipulateur et dangereux, comment ne pas douter ? Si l'un est perverti, pourri, pourquoi les autres ne seraient-ils pas tout aussi moisis ? J'ai même parfois des sueurs froides à la perspective que mes adorables Léo et Benji puissent devenir un jour comme lui...

Mon instinct me porte à la méfiance. Je tente juste de me préserver. Je ne veux pas me retrouver dans la situation de ma mère : ferrée, piégée, abusée.

Nathan, je rêve de l'embrasser, de me lover dans ses bras. La niaiserie incarnée, quoi... Pourtant, pas de vie en rose pour moi. Pas UN SEUL jour rose... Je mentirais en affirmant qu'il s'agit là d'un choix délibéré : plutôt que l'affection, plutôt qu'une ébauche de relation, je privilégie ma sûreté. J'aimerais dépasser ces appréhensions qui s'apparentent à de funestes prémonitions. Je n'y parviens pas... Je suis pétrie de trouille, voilà !

Impossible d'exposer ce ressenti à qui que ce soit. Les filles me jugeraient. Ma mère culpabiliserait. Nathan... Nathan s'apitoierait, probablement. Je préfère son incompréhension à sa compassion. Je me cantonne à partager une histoire fusionnelle avec lui en imagination, là où je peux tout contrôler, là où je ne cours pas le danger qu'il devienne mauvais.

Lorsque je m'en extrais, quand je retourne au monde dur et vrai, je pleure ce jour rose qui ne naîtra jamais.

5

Jour doré

Un nuage rose se forme devant moi.

— Que faites-vous là ? interroge le porteur de la teinte qui m'occupait l'esprit, en fronçant les sourcils et nous regardant alternativement, Maman et moi.

À la couleur de sa blouse qui diffère de celle de l'infirmière, j'en déduis qu'il occupe peut-être la fonction d'aide-soignant (je parie que la nuance n'est pas considérée comme assez « sérieuse » pour les médecins). Ou bien, il a choisi de mettre dans ses vêtements la touche de couleur qui manque à sa vie. S'il ne nous examinait pas avec autant de gravité, j'éprouverais de la sympathie pour lui.

— Nous attendons l'arrivée d'une personne de notre famille, l'éclaire ma mère de sa voix polie. On nous a indiqué que nous pouvions patienter ici.

Je la devine prête à s'installer ailleurs, au gré du type qui ne lui répond même pas. La mine butée, il se contente de demeurer immobile face à nous, planté tel un piquet. Histoire de nous signifier, sans aucune subtilité, qu'il ne nous estime pas dans notre bon droit.

La moutarde me monte au nez.

— En quoi on vous dérange ? On ne gêne pas le passage, on ne fait pas de bruit !

— Lyra...

Bien que ma mère tente de me tempérer, je poursuis, énervée :

— Ne disposez pas des sièges à cet endroit si vous vous crispez dès que les gens s'y assoient ! Vous croyez que, pour nous, c'est la joie ? Qu'on est en visite touristique ?

Je vois bien qu'il tique. Obstiné, il s'apprête à ouvrir la bouche pour répliquer quand une femme au chignon poivre et sel l'interpelle :

— Manu !

Elle ne profère pas un mot supplémentaire, mais je pourrais presque lire la suite sur son front plissé : « Bouge-toi le cul ! » Certes, je prends sans doute mes souhaits pour la réalité. Il n'empêche que Monsieur Rosé se hâte de nous abandonner en nous jetant un bref :

— Désolé…

Nous, nous n'allons pas le regretter ! Il se montre si empressé de rejoindre la dame autoritaire qu'il trébuche sur l'anse du sac à main maternel qui reposait par terre, devant nos pieds. Il manque de tomber puis file sans plus nous regarder, en ramassant sa dignité (un bien petit paquet).

Du sac à demi renversé se sont échappés un baume à lèvres et un stylo métallisé. Maman esquisse un mouvement en avant. Plus prompte qu'elle, je les récupère et remets le tout dans le sac, que je pose en douceur sur ses genoux. Aussitôt, elle y plonge la tête.

— Mon téléphone…, murmure-t-elle, inquiète.

Elle brasse le contenu sans dénicher le précieux objet. Il faut dire que son sac à main consiste en un vaste fourre-tout peu pratique, sans aucune poche intérieure pour l'organiser. Cadeau de son cher mari, ce qui la condamne à devoir s'en accommoder.

Je m'empare à nouveau de l'informe besace pour l'aider. Après une trentaine de secondes à touiller son bazar à l'aveuglette, mes doigts rencontrent la forme rectangulaire et froide que je brandis, triomphale. En écho à ma victoire, l'appareil s'éclaire brièvement. Juste assez pour me brûler les pupilles et le cœur avec son fond d'écran... tout entier occupé par Môssieur Gautier. Nulle trace d'aucun de ses trois enfants.

Elle intercepte mon regard choqué, devine ma surprise amère, essaye de se justifier :

— Pardon. J'ai été obligée de le changer, il me l'a demandé.

En résumé : il l'a exigé. Mais non, pas de pardon !! Ma mère a effacé la chair de sa chair pour satisfaire le caprice d'un con(joint)... Oui, l'acte relève de l'infime détail. Cela n'en fait pas moins mal. Sur ce portable, avant, il y avait une photo de nous quatre : Maman, Benji, Léo, moi. Heureux d'être ensemble, radieux. C'était un jour merveilleux, empli d'euphorie. Profitant de l'absence exceptionnelle de son époux un samedi pour cause d'obligations professionnelles, notre mère avait décidé de nous emmener au parc. Nous avions pique-niqué, fait de la barque, acheté des crêpes sucrées, joué au Frisbee et tellement, tellement ri. C'était si bon de se sentir libres et insouciants !

Et maintenant, en vedette, plus une preuve photographique de cette sortie magnifique... Maintenant prévaut mon géniteur, prenant la pose dans toute sa fausse splendeur. Jusque dans ses affaires personnelles, il a contraint sa femme à céder au culte ignoble de sa personnalité, à nous trahir. Envie de vomir...

— Je suis désolée, Lyra.

— En plus, ce n'est pas lui, ça ! persiflé-je entre mes dents, luttant contre mon emportement.

Ma mère acquiesce sans commentaire. Elle le sait aussi bien que moi : l'individu trônant sur son écran n'existe pas. Il est une espèce de jumeau bénéfique, trompeur, qui sert de leurre en société. Le personnage que mon père s'est créé afin de se mettre à l'abri, de s'assurer qu'autrui n'accorde à notre éventuelle parole aucun crédit. Un ersatz drapé dans sa duplicité. À la fois familier et étranger, c'est celui que je nomme « l'Homme du jour doré »...

Ma mémoire n'a pas besoin de m'entraîner dans ses caprices pour faire resurgir cet instant surréaliste. Du haut de mes neuf ans trois quarts, j'étais si impressionnée. Notre petite famille s'était préparée et mise sur son trente-et-un, en l'honneur du bon samaritain. Au milieu des peintures et des dorures de la salle de réception de l'hôtel de ville, le maire en personne l'a décoré. Des inconnus s'étaient déplacés pour l'acclamer ; plusieurs ont pleuré de reconnaissance dans ses bras. Ce jour-là, j'étais fière, très fière, de mon papa. Tout le monde lui rendait hommage, le portait aux nues, vantait son courage. Celui de quelqu'un qui n'avait pas hésité à sauter dans l'eau du fleuve à quatre ou cinq degrés pour empêcher un pauvre quidam de s'y noyer.

À cet âge, j'avais déjà vu en partie l'envers de mon père. Pourtant, à l'instar du restant de l'assemblée, j'ai cru à cette version idéalisée. J'ai cédé à son don naturel de séduction des foules, de manipulation. Pas une seconde je n'ai réalisé qu'il venait de se constituer la plus solide des couvertures par son acte héroïque : qui oserait soupçonner le valeureux, le brave qui sauve les gens, de se montrer violent ? Oh, il a vraiment secouru un homme en perdition ! Il n'a pas fabulé. Cependant, je suis certaine, à présent, qu'il s'agissait d'un acte calculé. Coup double : repêcher, et se préserver. La logique ambivalente du pervers narcissique...

Je me sens grimacer. « Pervers narcissique ». Une expression devenue un classique, deux termes presque trop usités. Dans la presse, dans les conversations, dans les insultes au bahut, dans les faits divers du journal de vingt heures, partout, on les lit et les entend. Tristement banalisés au quotidien et infusés dans notre langage courant, privés petit à petit de leur puissance d'impact, ils tirent quasi à blanc, dorénavant. « Pervers narcissique ». Néanmoins, ils s'appliquent. Ils collent à la peau de mon géniteur, se révèlent exacts du point de vue psychologique. « Brute », « enfoiré », ce ne serait pas assez, désolée ! Ce ne serait pas complet : ces qualificatifs ne représenteraient qu'un pâle reflet de sa personnalité.

Car mon père, ce Géant, ce Malfaisant, est tout à la fois prince monstrueux et monstre charmant. Le jour doré m'a prouvé que la société se laissait berner, bercer par sa troublante gémellité et qu'elle était même capable de le médailler, lui offrant alibi de bonne conscience et entière impunité sur un plateau rutilant.

6

Jour rouge

Mon esprit déraille. Mon corps dérape. Je glisse sur une flaque écarlate. Après les ors, le sang... Ma mémoire impitoyable m'arrache au faste pour m'attirer vers un nouveau souvenir glaçant.

Ma volonté se cabre, résiste, s'accroche à la réalité du présent... se brise. Malgré moi, je me retrouve projetée sur le carrelage souillé et froid.

J'ai treize ans. Je viens de rentrer du collège. Passé le seuil de la maison, je me suis dirigée droit vers la cuisine pour goûter. Grâce à l'absence inopinée du prof d'histoire-géo, j'ai fini plus tôt mais l'après-midi de cours m'a épuisée, affamée. J'ai besoin de recharger les batteries avec du sucré. Je suis entrée dans la pièce de mes rêves alimentaires avec l'eau à la bouche, pressée, garde baissée. C'est là que mon pied a patiné sur des traînées poisseuses. Impuissante, j'ai chuté.

Par terre, le temps se suspend. Il faut plusieurs secondes à mon cerveau hébété pour établir la nature des éclaboussures. Rouge, rouge, rouge... Soudain, je comprends. *Maman !* Affolée, je relève la tête. Elle est là, je la vois. Silencieuse, blessée, accoudée à l'évier. Rouge, rouge, rouge...

Je pousse sur mes bras pour me relever. J'ai mal au coccyx et je n'en ai rien à faire. Je me précipite vers ma mère. À ses pieds, je découvre un couteau ensanglanté. Non, non, non, il l'a poignardée ! Je hurle. Je désespère. Si elle meurt, je vais le tuer. Je jure que je vais le tuer !!!

Rouge, rouge, rouge... J'atteins ma mère. Sans savoir quoi faire, je me tiens à ses côtés. Visage blême, elle me jette un regard attristé, comme pour s'excuser. Sans entendre les sons qui s'en échappent, j'observe ses lèvres remuer. Je nage en plein film d'horreur muet.

— Je crois que la plaie n'est pas si profonde. C'est moins grave que ça en a l'air, je te le promets.

Les paroles de Maman accèdent enfin à mes tympans.

— Il est reparti, ne t'en fais pas ! Je suis navrée de te demander cela, Lyra, mais s'il te plaît, aide-moi. Mon bras...

Rouge, rouge, rouge... Son bras.

— Monte me chercher la trousse à pharmacie.

Son bras cramoisi.

— Et... Et dis à tes frères d'attendre encore avant de redescendre.

Léo, Benji. Ils ont entendu la dispute, les cris. Pour eux, ce n'est pas une vie... Pas le temps de demander à notre mère ce qui s'est produit. Notre père a des horaires de travail fluctuants dont il ne la tient pas au courant parce qu'il adore débarquer à l'improviste à la maison, dans le but de la surprendre, de la « contrôler » comme un agent de la RATP. Il a dû s'énerver à partir d'un mot pris de travers ou au sujet de son amant imaginaire.

Rouge, rouge, rouge... Je gravis les escaliers quatre à quatre, rassure les jumeaux au passage :

la crise paternelle est terminée, il reste juste des éclats de vaisselle à balayer ; en bas, ils pourraient s'écorcher, ils doivent patienter. En dépit de mon appétit coupé, je leur fais miroiter un énorme goûter ensuite. Mes propres mensonges, mes petits arrangements avec la vérité, me donnent la nausée. Je ne vaux pas mieux que mes parents, à baratiner tout le temps.

— Reste avec nous, Lyra ! On a eu très peur, tout à l'heure...

— Oh oui, s'il te plaît, descends pas ! Pas tout de suite.

Stressés, mes cadets sanglotent, larmoient. C'est atroce de devoir les abandonner là. J'ai envie de les réconforter, de les prendre dans mes bras... Je leur promets : « Je reviens ! » Puis, je me rue dans la salle de bains. La boule au ventre, je m'empare de la trousse de premiers soins sans perdre une minute et dévale les escaliers en sens inverse. J'essaie de me focaliser sur Maman, sur l'objectif du moment : arrêter les saignements.

Me voilà de retour au rez-de-chaussée. Encore quelques foulées... La cuisine. J'esquive les macules écarlates du carrelage. Rouge, rouge,

rouge… Cette fois, je ne tombe pas. Je suis en nage, en rage !

Cramponnée à son évier, ma mère est devenue si pâle qu'elle semble sur le point de s'effacer. Ce n'est pas à moi de jouer les infirmières en herbe, ni à elle de panser ses plaies dans son état. Nous devrions appeler les secours, les pompiers ! Nous ne le ferons pas. C'est la règle ; c'est comme ça.

Rouge, rouge, rouge…

Je ne saisis plus trop bien pourquoi.

Rouge, rouge, rouge…

Je déteste mon père. J'en veux à ma mère.

Rouge, rouge, rouge…

Je déteste ma mère. J'en veux à mon père. Tout se mélange, je ne sais plus. Tout est confus.

Rouge, rouge, rouge…

À travers le brouillard d'hémoglobine et de grenat, une voix :

— Ça va, Lyra ?

7

Jour mauve

— Ça va, Lyra ?

Voix prévenante, brume blanche et lumineuse, sol immaculé.

— Comment t'es-tu débrouillée pour dégringoler de ta chaise ? interroge Maman, d'un ton quelque peu alarmé. Tu te sens bien ? Tu peux te relever ?

Ma conscience m'a éjectée dans le présent. Assez violemment, afin de me soustraire au sang et au ressentiment. Pourtant, je me sens toujours aussi mal. De nouveau, ma vision se voile, estompe le couloir d'hôpital.

Non, non, non, pas encore ! J'ai à peine eu le temps de prendre une respiration... Désespérée, harassée, je sens se former la lame de fond. J'aimerais tant m'immerger, boire la tasse dans les eaux du Léthé, le mythique fleuve de l'oubli, et sombrer dans la plus exquise des amnésies. Par malheur, mon infernale mémoire, cruelle et perfide, ne m'accorde aucun répit. Je m'enfonce dans les abysses du passé...

Je fixe la dentelle mauve du napperon, embarrassée. Je me trouve chez Grand-Ma, engoncée dans son canapé. J'ai séché l'EPS, pris le bus pour y aller. Cela me vaudra des ennuis plus tard, mais je ne pouvais plus reculer. Pour une fois, j'ai privilégié ma détresse. Depuis que j'ai sonné à sa porte sans me justifier, la Générale-Major m'a toisée, autorisée à entrer, puis servi une tasse de thé. Son silence sec et son attitude fermée ne m'encouragent cependant guère à me confier. Je n'ose pas la regarder en face, rive mes yeux sur le ridicule napperon violet qui orne l'accoudoir du divan.

Sans relever la tête, je finis par lâcher ma bombe en coassant :

— Papa est méchant avec Maman. Souvent. Très souvent…

Calme olympien. Pas d'explosion, pas de surprise.

— Que veux-tu que je te dise ?

Quoi, c'est tout ?? Elle s'en fout ? Je suis en train de lui parler de l'autrice de mes jours et de ceux des jumeaux, de sa propre fille, bordel ! Elle n'en a donc rien à faire d'elle ? De nous ?! Moi qui espérais une réaction. De l'aide, de l'action ! Que ma grand-mère débarque en furie à la maison et vire mon père à coups de pied aux fesses, en menaçant de le dénoncer à la police et de le faire enfermer en prison… Je me reprends mentalement : c'est ma faute, je n'ai pas été assez explicite, je vais détailler.

Le flot subit des paroles de Grand-Ma me stoppe dans mon élan. Le regard noyé dans les détails de la dentelle travaillée, j'écoute l'avalanche de réflexions, assommée : « *Je lui avais dit de ne pas l'épouser. À présent, ta mère doit assumer.* », « *Quand elle l'a rencontré, elle m'a raconté qu'il y avait deux portes abîmées dans son appartement et qu'il avait admis avoir donné de gros coups de poing dedans, soi-disant à la suite d'une mauvaise nouvelle. Je l'ai prévenue qu'un homme qui défonçait les portes ainsi se révélerait violent. Je l'ai avertie de ne pas en faire un jour son mari. Mais l'amour l'a aveuglée. Tu te rends compte qu'elle m'a ri au nez ? », « Lyra, elle a obtenu ce qu'elle a voulu. Personne ne peut l'aider contre son gré. C'est à elle de se dérober à cette emprise en faisant preuve d'une once de volonté ! On ne peut pas tout justifier par la peur de recevoir une raclée. »...*

Je me lève, écœurée. J'en ai entendu bien assez. Entre deux diatribes, la Générale a tout de même proposé de nous héberger tous les trois (Léo, Benji, moi). Je n'en éprouve aucune envie. Ses propos cinglants m'ont révoltée. En vérité, j'ignore ce qui me perturbe le plus : me rendre compte que ma grand-mère est parfaitement au courant de notre situation ou apprendre que ma mère avait été mise en garde et aurait pu nous l'éviter ?

Grand-Ma ne prononce pas une phrase pour m'apaiser, n'amorce pas un geste pour me retenir. Je pars en claquant la porte.

Dehors, j'extirpe de ma poche le napperon moche que j'ai volé avant de m'en aller. En représailles, je le jette dans le caniveau. Ensuite, je contemple la fine coulée d'eau imbiber la dentelle mauve et mes illusions mortes.

8

Jour vert

— Elle est en train de partir !

Une paire de bras m'agrippe avec délicatesse, me soulève et me rassoit contre un dossier.

Retour à la réalité, à l'instant T. Encore étourdie, presque abrutie par la puissance de ma réminiscence, je découvre deux visages soucieux face à moi.

— J'ai bien cru que tu allais t'évanouir, commente ma mère en m'effleurant le bras.

— Tu vas penser que je suis obnubilé par le fait de t'évacuer de ce couloir mais, si tu me permets de donner mon avis, un peu d'air frais ne te ferait pas de mal.

Mon cerveau, qui recouvre peu à peu ses moyens, percute enfin : la personne qui m'a décollée du sol pour me réinstaller sur mon siège est le fameux « Manu », qui, à présent, a quitté sa blouse rose d'hôpital.

— Veux-tu que je te rapporte quelque chose à boire ou à grignoter ?

En fin de compte, je le juge plutôt attentionné. Je décline sa gentille proposition tandis qu'il m'offre sa main.

— Allez, viens dehors ! Respirer un peu ne pourra que t'aider.

Je tergiverse, jette un coup d'œil interrogatif à Maman, qui acquiesce. Il insiste, taquin :

— Juste quelques minutes. Après, promis, je te raccompagne à ta chaise préférée !

Quelques instants et dédales plus tard, nous profitons de la brise extérieure.

— Ah, tu retrouves des couleurs ! Voilà qui fait plaisir !

Il est obligeant, mais fatigant. Je voudrais seulement inspirer et expirer cette atmosphère pas trop polluée, sans avoir à bavarder. Je soupçonne l'aide-soignant de réfréner une envie de fumer. Ma mère ne s'est pas jointe à nous, au cas où la Générale-Major débarquerait à l'hôpital et s'emporterait contre la totalité des docteurs en n'y trouvant aucune d'entre nous. J'ai été guidée par Manu vers une petite sortie annexe, loin de l'entrée principale, donc ma revêche aïeule ne nous y apercevra pas.

— Pour tout à l'heure..., commence-t-il, un brin gêné.

Je le coupe aussi sec, supposant qu'il va se répandre en excuses plus ou moins sincères pour son manque d'amabilité initial et notre prise de bec avortée.

— Laissez tomber ! C'est déjà oublié. Passer une mauvaise journée qui influence notre humeur, tout le monde en a le droit. Nous sommes deux, comme ça !

Il opine du chef puis affiche une expression curieuse, avant de paraître renoncer définitivement à parler. Ouf ! Cela m'évitera de devoir lui exposer que les mauvais jours me sont coutumiers. Je m'isole de l'agitation du monde en fermant les yeux, profitant du silence enfin établi. Une délicieuse odeur de menthe, qui émane sans doute des plates-bandes à proximité, me chatouille le nez. Mon esprit repart à la dérive, en douceur cette fois-ci. Emmené par une vaguelette de nostalgie.

Sous le volet de mes paupières, je nous revois, Maman et moi. Nous profitons d'un rare moment de sérénité, si précieux, attablées toutes deux à la terrasse d'un café. Du vert dans nos verres, goût d'enfance et d'insouciance. Le soleil scintille sur nos diabolos menthe à moitié bus. Un vent tiède caresse nos épaules nues. Dans les arbres qui bordent la rue, les fleurs magnifient le printemps. J'aimerais graver ce moment, l'étirer, me blottir en lui à l'infini. Et puis, ma mère l'embellit :

— *Je vais le quitter.*

Quatre mots magiques, dont je rêve depuis des années.

— *Je vais le quitter, c'est décidé,* répète-t-elle avec fermeté. *Il me faut juste un peu de temps pour m'organiser proprement. Je n'en peux plus de vous imposer cette vie, à tes frères et toi qui êtes tellement gentils ! Vous avez déjà bien trop supporté, cela a assez duré. Je vais partir. Nous allons partir.*

Je voudrais lui sauter au cou, mais l'émotion me cloue sur ma chaise. Des perles translucides roulent sur ses joues.

— *Pardonne-moi, Lyra. Quand j'ai rencontré ton père, au début, il n'était pas comme ça. Ou c'est ce que j'ai cru, en tout cas. Lorsque sa vraie nature s'est... révélée, je suis d'abord restée par amour, par conviction puis par espoir qu'il ferait des efforts pour changer. Par naïveté... Ensuite, la honte et la peur m'ont enchaînée.*

J'accueille sans un mot son mea-culpa. Je devrais lui rétorquer que le seul fautif est Papa. La logique serait de la réconforter après cette annonce qui m'apporte de nouvelles perspectives joyeuses et apaisées. Pourtant, ma gorge reste nouée. Je n'y arrive pas. Parce que je lui en veux encore un peu (beaucoup ?), au fond de moi.

— *Petit à petit,* poursuit-elle, *sans que je m'en rende compte, il a pris les rênes de mon destin. Des vôtres aussi, par ricochet. Je veux que TOI, tu le saches pour plus tard, ma chérie : personne n'a le droit de tout régenter et de contrôler ainsi ta vie, ni de causer autant de chagrin. Ne laisse personne écrire ton histoire. Jamais.*

Je ne m'attendais pas à une telle leçon de philosophie. Même si le procédé m'apparaît trop facile, à la limite de l'inapproprié, je ne le critique pas, pour conserver la magie. Le moment est trop important. Nous trinquons à notre imminente libération. Nos lèvres plongent dans les boissons pétillantes et se parent du vert de l'espoir...

Je rouvre les yeux. Les vapeurs de menthe s'effacent, tout comme mes visées utopistes se sont dissipées sans une trace. Mis à part, dans mon cœur, un énorme bleu.

Le printemps est passé, l'été s'est écoulé. Rien n'a changé... du moins, jusqu'à hier. Au fur et à mesure des mois, j'ai cessé de croire à la déclaration de ma mère. Elle avait réclamé du temps pour s'organiser. Mais à force d'observer ses regards fuyants, sa tête baissée, j'ai fini par réaliser qu'elle avait renoncé. *Dès que je suis majeure, je prends les jumeaux avec moi et on se tire de là !*, voilà ce que je me suis alors juré.

Durant ces deux saisons vers la déception, M. Bilici m'avait posé de nouvelles questions.

— *Tu me sembles... très fatiguée, Lyra, ou peut-être triste. Est-ce que tu voudrais en discuter avec moi ?*

En réalité, à plusieurs reprises avant l'arrivée des grandes vacances, il est revenu à la charge avec bienveillance. Il est l'unique professeur à m'avoir donné l'impression que je n'étais pas forcément la seule responsable de mon manque de concentration.

— *C'est gentil, monsieur, mais j'ai juste mal dormi.*

Cette phrase est devenue ma réplique systématique. Difficile pour moi de parier sur la fiabilité d'un homme... Par-dessus tout, je craignais trop les représailles de mon père – à mon encontre ou, pire, sur ma mère et mes petits frères.

— *Sache tout de même que si tu as besoin d'une oreille attentive un jour, je serai là. Mais je peux comprendre aussi que tu n'aies pas envie de te confier à moi ; c'est normal, je respecte cela.*

Je n'ai jamais rien dit à M. Bilici.

Depuis, une nouvelle année scolaire a débuté. Il n'est plus mon enseignant, et je regrette encore d'avoir accordé du crédit aux promesses d'évasion de Maman en une trop belle après-midi de printemps... Nos diabolos sont loin derrière. Je n'en boirai plus car, aujourd'hui, leur souvenir me laisse en bouche une saveur trop amère. Celle de la confiance brisée et d'un engagement non tenu. Je mesure maintenant l'ampleur de mon erreur : il n'y a jamais eu aucun rêve de futur, aucune coloration optimiste dans notre duo de consommations. Il paraît qu'au théâtre, les comédiens considèrent que le vert porte malheur. Voilà qui explique sans doute pourquoi dans nos boissons, ce jour-là, la poisse et le néfaste étaient les seules vraies couleurs.

Jour vert, aspirations éphémères...

9

Jour gris

Téléportation…

J'ai dû regagner mon siège du couloir dans un état second, en ressassant mes déceptions. Je présume que Manu m'y a escortée, tel que promis, puis qu'il est reparti.

J'étais absorbée si profondément dans mes pensées… Maman, statue de silence accablée, n'a pas bougé. Elle m'offre un sourire affligé, comme si, lors de ma brève absence, elle avait pu ressentir à distance ma rancœur mentholée.

Pas le temps de crever l'abcès, mon téléphone se manifeste. Je le ressors de ma veste.

Grand-Ma
Je suis enfin devant ce satané hôpital !!
J'arrive dès que je réussis à me garer !
Quelqu'un peut m'expliquer pourquoi il y a autant de monde sur ce parking ?!
On tourne en rond comme des idiots de poissons dans un bocal !!

S'ensuit un second SMS lapidaire, toujours de la part de ma grand-mère :

Charmant, je n'ai pas été prévenue que le stationnement était payant ! Tout pour le système capitaliste !!! Rien n'est plus gratuit, maintenant !

Même si j'ai conscience que nous ne pouvons camper ici pour l'éternité, je ne suis que moyennement désireuse de la voir débouler. Tant qu'elle n'est pas encore là, le cours de nos existences demeure suspendu, figé. Presque en dehors de la réalité. Dès qu'elle apparaîtra, la bulle éclatera. Je sais que ma mère se sent dans le même état d'esprit que moi. Toujours assise sur la chaise d'à côté, elle me scrute de son regard chocolat.

Ensuite, sans une parole, elle se rapproche et m'enveloppe de ses bras.

Ma mémoire m'attire derechef dans ses filets aimantés, malgré moi. Pourquoi tient-elle tant à gâcher ce bref moment de réconfort et de complicité ? Je crois que mon cerveau me déteste ! Le poids du souvenir me leste. Mais il ne m'engloutit pas dans des abîmes lointains, se bornant à me plonger sous la surface. Là où je ne veux pas retourner, jusqu'à la veille et ses images qui me glacent…

Je fixe la porte entrebâillée ; j'ai peur d'entrer. De la maison, je n'entends pas un bruit s'échapper. Je reviens tout juste du bureau de poste en centre-ville, où j'ai attendu une éternité pour récupérer un colis. Il y a un monde fou là-bas, le samedi… Arrivée devant chez moi, j'ai croisé le couple de voisins en train de jardiner. Dès qu'ils m'ont aperçue, ils ont filé se barricader chez eux, taiseux, terrés. Ce sont des cons, je n'ai pas du tout aimé leur réaction. Elle m'a tordu le ventre, légué une mauvaise intuition.

Immobile sur le seuil, mon pressentiment ne cesse de s'amplifier. À cette heure-ci, les jumeaux sont au volley-ball. Ils voulaient commencer le basket cette année, alors notre géniteur, en bon chef de famille voulant exercer une fois de plus son contrôle, les a logiquement inscrits à une activité différente... Mais cela n'explique pas la porte entrouverte. Le silence qui règne est trop épais, l'atmosphère, inquiétante. Je suis terrorisée à l'idée de pénétrer dans les lieux et de découvrir partout du rouge, rouge, rouge... Je chasse l'atroce réminiscence qui veut me vampiriser, prends mon courage à deux mains et m'introduis dans mon foyer trop paisible.

À l'intérieur, rien ne bouge. J'abandonne mon paquet sur notre vieux guéridon.

— *Maman, tu es là ?*

Rien ne me répond. Pas un son, pas une voix. Je n'appelle pas mon père, c'est inutile. Sa présence ne serait pas si tranquille. De toute manière, ce n'est pas pour lui que je m'inquiète. Je répète :

— *Maman ??*

Il se peut que je ne l'entende pas tout simplement parce qu'affaiblie, elle parle très bas. J'espère qu'il ne l'a pas trop amochée. Ou qu'il ne l'a pas enlevée. Il l'a déjà pratiquement kidnappée sous notre nez dans le but de la confronter à « l'Autre », son amant chimérique. Benji et Léo étaient en panique… Heureusement, ça n'a pas duré et il l'a ramenée, puisqu'ils n'avaient à rencontrer qu'une personne inventée. Je songe à cet épisode pathétique à cause de la porte entrebâillée : comme lors de ce furieux délire de jalousie, il l'a sans doute mal ou trop vite refermée, pas bien claquée. C'est le signe d'un départ précipité…

De façon générale, après ses violences, notre géniteur prend la fuite, abandonnant derrière lui les conséquences de ses actes enragés, nous laissant nous débrouiller. Il ne retourne chez nous qu'au bout de plusieurs heures, quand il est enfin calmé – parfois, comme aux temps révolus du bonheur, avec des fleurs. Si je le pouvais, je lui ferais avaler ses bouquets pétale par pétale. D'ailleurs, personne n'est dupe de ses offrandes florales qu'il ne se fatigue plus à tendre à sa femme, et qu'il dresse directement dans un vase sur la table… Enfin si, peut-être que mes frères croient encore à sa sincérité. Je me rappelle que, plus jeune, j'étais perturbée par son instabilité. Il y a même eu un jour où je l'ai entendu prendre soin de notre mère après l'avoir molestée. Il l'aidait à désinfecter ses plaies et lui répétait « *Pardon, mon amour, pardon, pardon* » en pleurant. Je n'ai pas compris comment il pouvait avoir déchaîné sa brutalité un instant, pour faire preuve de tendresse au moment suivant. Mais c'était surtout de la comédie, évidemment...

— *Maman ???*

Chaque pièce franchie sans tomber sur une mare rouge constitue un soulagement. Je termine mon inspection du rez-de-chaussée sans détecter une goutte de sang. Cependant, je gravis les marches qui montent à l'étage le cœur serré. Je le sais, l'absence d'écarlate est loin de garantir l'inexistence d'ecchymoses ou d'os cassés.

Au premier, tout est muet. Le silence m'y semble même encore plus dense. J'arrive devant la chambre parentale : oreillers jetés, carreau cassé, table de nuit renversée. C'est là que s'est enclenchée la colère. Je cherche ma mère, y compris sous le lit. Elle n'est pas ici.

Je ressors de la pièce pour continuer à enquêter. J'inspecte les toilettes, ma chambre, celle de mes frères : rien à signaler. Enfin, je parviens devant la porte de la salle de bains. Celle-ci est parfaitement fermée. C'est triste à avouer, mais je me sens un tantinet rasséréné car il s'agit du déroulement accoutumé : malmenée, blessée, humiliée, ma mère a trouvé refuge dans sa retraite, son espace de soins privés.

Je toque :

— Maman, c'est moi. Ça va ? Il n'est pas là, je peux entrer t'aider ?

Je colle mon oreille à la porte, ne perçois ni parole ni mouvement. Pourvu qu'il ne l'ait pas assommée, là-dedans ! J'abaisse la poignée et pousse sans affronter de résistance : le loquet n'a pas été tourné. J'ouvre grand.

Du gris.

C'est ce que je vois en premier : le gris de ses habits. Ma mère, dans son tailleur-pantalon anthracite, telle une petite souris qui gît. Ce que je redoutais s'est produit : agenouillée, arrimée à notre baignoire, elle a cédé à la douleur et s'est évanouie.

Il n'y a pas de flaque cramoisie. Du gris. Juste du gris.

— *Maman !! Je suis là, je vais m'occuper de toi.*

Je me rue auprès d'elle, m'accroupis. C'est là que je m'en aperçois : la baignoire est remplie. Par réflexe, je touche l'eau : elle est froide. Je ne comprends pas. J'attrape ma mère par les épaules...

Une main rêche me frôle. Je tressaille de surprise et d'effroi. Arrachement à la journée passée, retour au présent immédiat.

— Si tu tiens vraiment à rêvasser, ce n'est ni le moment ni l'endroit !

Grand-Ma est là. Dans toute sa carence d'empathie. En douce, ma mère m'adresse un sourire contrit. La pauvre porte toujours les mêmes habits.

Pas de rouge, rouge, rouge... Juste du gris.

Je lutte contre mon esprit. Je refuse qu'il reparte jusqu'à hier, sous prétexte que ma mémoire n'a pas achevé de me jouer sa dernière séquence. La Générale-Major va vouloir m'interner en psychiatrie si jamais elle assiste à l'une de mes réminiscences.

Fidèle à elle-même, elle ne manifeste aucune patience.

— Allez, debout, remue-toi ! On ne va pas rester là !

Du coin de l'œil, je détaille sa fille, dont elle ne se préoccupe pas : le teint aussi morne que sa tenue, elle est encore bien amoindrie par ce qu'elle a vécu. Marcher va lui coûter. Elle a tous les droits de continuer d'abord à souffler, à récupérer.

Sans attendre, Grand-Ma s'éloigne d'une démarche affirmée. De connivence, nous ne la suivons pas. Au bout d'un moment, elle rebrousse chemin. Je rétorque à sa mine outrée :

— Oui, oui, on va venir, hein, mais ce n'est pas si pressé. Aie un peu d'humanité, laisse Maman se reposer !

Son visage se contracte tout entier. Ses rides se démultiplient dans une expression indéchiffrable alors que sa perplexité est palpable. Je ne vais pas me plier à ses quatre volontés, qu'est-ce qu'elle croit ?

Tout à coup, elle se rassoit. Avant que j'aie le temps de l'interrompre, elle prend place sur les genoux de Maman... dont la silhouette s'efface.

— Lyra, ta mère est morte.

...

...

...

Non, non, non, je ne veux rien écouter !!!

Elle était *inanimée*.

J'ai appelé les pompiers.

Elle a été hospitalisée.

On l'a **sauvée**.

La voix de la Générale est métamorphosée. Sa douceur déplacée triomphe de mes souhaits de surdité.

— Je suis désolée, Lyra. Tu ne te souviens pas ? Ton père... Il... Il l'a noyée.

Mon cœur explose, atomisé.

Je me sens comme un animal mutilé. *La baignoire pleine...* Je me mets à hurler. À travers mes braillements, j'expulse ma peine.

Maman... Je n'aurai pas assez d'une vie pour crier. J'ai essayé de me raccrocher à une chimère, un fantôme, pour te faire encore exister.

Mon cerveau m'a mystifiée. La vérité a éclaté. Ne demeurent plus que le manque, l'injustice et l'horreur. Ma mémoire m'a trompée avec ses couleurs.

Je voulais tellement croire
que tu t'en étais sortie, Maman !
Pourquoi ???
Pas de rouge, rouge, rouge... pourtant !
Gris. Il n'y avait que du gris. Rien que du gris.

10

Nuit incolore

Lyra Gautier, fille de la femme décédée. Fille, aussi, du salaud désormais crevé. Il a tenté de se suicider quand les forces de l'ordre ont retrouvé sa trace. Deux heures à peine après que j'ai découvert Maman. Dommage que, de son vivant, la police n'ait pas été aussi efficace…

Lui s'est raté – peut-être le seul coup qu'il ait jamais manqué. Toutefois, son état grave « nécessitait » une lourde intervention chirurgicale. Il se trouvait toujours sur la table d'opération lorsque j'ai enfin accepté de suivre la Générale. Elle m'a annoncé sa mort hier après le dîner que je n'ai pas avalé, à la suite d'un coup de fil de l'hôpital. « Les médecins n'ont pas pu le sauver. » Son ultime lâcheté. Personne ne le placera jamais face à ses responsabilités.

Je zyeute Léo et Benji, assoupis, blottis contre moi dans l'immense lit. Grand-Ma nous l'a prêté. Ce soir, elle dort dans son canapé, signe que notre sort pitoyable a percé sa carapace de dureté. Ni elle ni moi n'avons eu le courage d'expliquer à mes frères que leurs deux parents étaient « partis ». Si petits, et déjà orphelins... Quel gâchis ! Moi, je peux au moins voir dans le trépas paternel une forme de karma, à la fois équilibre universel et châtiment pour avoir ôté la vie de Maman. Mais pour les jumeaux, même s'ils l'auraient ardemment souhaité beaucoup plus gentil avec notre mère, il restait leur chevalier, leur galaxie, leur père... Je leur parlerai demain matin, pas le choix. De toute façon, notre histoire est déjà dans les médias.

Pour la millionième fois de la soirée, je me refais le film de mon couloir blanc. L'infirmière, l'aide-soignant... Ils ne s'adressaient pas à deux personnes, mais employaient la politesse du vouvoiement. Je visualise la drôle de tête de Manu. Je le revois qui s'apprête à parler, à me questionner peut-être, avant d'être interrompu. A-t-il suspecté (deviné ?) que je ne me pensais pas seule, que j'étais en train de délirer pour ne pas couler ? J'ignore s'il était au courant qu'on venait de m'annoncer, peu avant, la mort de Maman... mais mon cerveau n'imprimait pas.

D'ailleurs, ce sont les médecins qui ont appelé Grand-Ma pour moi. La suite, je ne me la rappelle plus bien. J'étais trop « ailleurs », je crois que j'ai préféré m'isoler dans mon coin. Tout ce que je voulais, c'était rester là, seule dans ce couloir où ma cervelle détraquée m'avait recréé un monde illusoire.

Maintenant, c'est la nuit dans mon cœur et chez Grand-Ma. Probablement que notre trio esseulé habitera chez elle, on verra. Un foyer de l'enfance ou ses Quartiers, nos options sont limitées. « *Tu sais, je ne pensais quand même pas... que ça irait jusque-là* », m'a glissé la Générale-Major avant d'aller se coucher. Elle avait d'infimes trémolos dans la voix. Elle paraît radoucie, *ramollie*, par tout ce qui s'est passé. La magie du poids de la culpabilité...

Bien que je n'aie pas dormi depuis une éternité, impossible de trouver le sommeil. Je m'empare de mon téléphone, je *scrolle*, je fais défiler tout ce que je trouve sur ce qui s'est passé. Les réseaux sociaux décuplent les publications, exhibent et accumulent des détails dont je me serais volontiers dispensée. Je lis toutes les critiques dénuées d'empathie et tous les commentaires de soutien. Ces derniers émanent de jeunes filles, de femmes. D'autres sont écrits par des hommes, des garçons aussi. Je me demande qui est sincère : c'est tellement facile, pour la galerie, de faire semblant d'être gentil. M. Bilici, lui, m'a envoyé un e-mail ce midi. En privé. Pour exprimer sa solidarité. M'assurer, avec tact, sans trop insister, qu'il est toujours là pour m'écouter, si besoin. Je me dis que ce doit vraiment être quelqu'un de bien... Sur le Net, je parcours chaque ligne révoltée, blasée, politisée, malintentionnée ou dégoûtée ; c'est l'unique façon d'intégrer que les événements se sont vraiment déroulés. Plus je consulte d'articles, plus j'ai l'estomac retourné et les yeux embués.

En vérité, mon père n'a pas tout à fait noyé ma mère. D'après les premières conclusions, il l'aurait soumise à la question en lui plongeant la tête dans l'eau à répétition, jusqu'à l'extrême limite de la suffocation. En clair, il l'a **torturée**. Je parie qu'il l'interrogeait sur « l'Autre », ce taré ! Ou bien, un des actes maternels anodins lui avait encore déplu. Je me rappelle qu'il était capable de s'en prendre à elle parce qu'elle lui avait rapporté de chez le boulanger des croissants ordinaires et non au beurre, alors... En tout cas, cette fois, en constatant qu'elle ne réagissait plus, il a pris peur. Au lieu d'essayer de l'aider, il a détalé. Voilà l'attitude du héros médaillé.

Quand je l'ai trouvée, j'ai composé le 18. À ce stade, il n'était plus question de nos règles implicites, de protéger nos sinistres secrets ou de préserver des réputations. Elle présentait un pouls très faible, à peine perceptible, mais elle a fait un arrêt cardiaque dans le camion. À l'hôpital, on m'a posé plein de questions sur elle. Tout ce que j'ai pu faire, perturbée, sous le choc, c'est fournir sa carte Vitale et ses papiers de mutuelle. Ils étaient dans son sac à main, qu'un des pompiers avait eu la présence d'esprit de me conseiller d'emporter... On l'a opérée au bloc, puis branchée. Littéralement. Elle avait des tuyaux qui lui rentraient et lui sortaient de partout, jusque dans le nez. Elle ressemblait à une mouche piégée dans une toile d'araignée. Je m'en souviens, à présent.

Du fait de son âge, il paraît que son cœur avait bien récupéré. N'empêche qu'elle était en coma artificiel, qu'une machine extérieure pompait son sang à la place de son muscle cardiaque et que les médecins ignoraient avec quelles lésions irréversibles elle pourrait se réveiller.

Cela n'est jamais arrivé : hémorragie cérébrale. Fatale. Donc non, elle n'est pas morte noyée. Mais ça ne change rien : c'est quand même mon père qui l'a **assassinée**. Il a attenté ensuite à ses propres jours car il le savait très bien.

Tout ce que je viens de décrire ne représente pas le pire. Le pire réside dans l'interview de ma voisine sur une chaîne télévisée. Celle où elle assimile trop tard la portée de ce qu'elle dit : ma mère a hurlé, à de très nombreuses reprises. Par la fenêtre au carreau brisé ou par une autre ouverte, peu importe, **les voisins ont entendu ses cris**.

Pourtant, ils n'ont pas agi. Leur excuse insensée ? Mon père s'est aussi époumoné. Ils ont conclu à un vulgaire désaccord, « un peu trop animé », même s'ils étaient dérangés par le bruit. Quand le silence est retombé, ils assurent avoir juste pensé que « la petite querelle » était terminée. Ils ne devaient cependant pas avoir la conscience si apaisée pour aller se claquemurer chez eux lorsque je suis arrivée.

Le pire, également, je l'ai appris via les réseaux qui, les heures s'écoulant, m'ont balancé à la face de plus en plus d'infos : Maman n'a pas trahi son serment. Elle avait récemment contacté une association d'aide aux mères dans sa situation afin de préparer en secret notre départ, de planifier un nouveau commencement. On n'a pas eu le temps de la (de nous) protéger, malheureusement... Et si mon père l'avait découvert ? S'il avait réalisé qu'elle était déterminée à le quitter ? Cela expliquerait qu'il ait pété les plombs jusqu'à la torturer, ne supportant pas l'idée de perdre son emprise et la femme qu'il considérait comme sa propriété exclusive.

Il semblerait, en outre, qu'elle soit parvenue à contourner sa surveillance intensive pour aller porter plainte contre lui au commissariat, le mois dernier. Au final, personne ne l'a convoqué ou ne s'est déplacé ; une simple main courante a été enregistrée. Zéro effet... excepté que, quatre semaines plus tard, il l'a suppliciée au point de l'achever.

Numéro quatre-vingt-trois. Un nombre funeste, froid, c'est tout ce qu'il a laissé d'elle : Maman est la quatre-vingt-troisième femme tuée par un conjoint ou un ex-conjoint depuis le début de l'année. Avant elle, depuis janvier, quatre-vingt-deux féminicides, quatre-vingt-deux parties au ciel. Qui se souvient d'elles ? Qui les pleure, à part leur progéniture amputée ? Ce décompte morbide, poignant, que certains jugent vain, sert – je l'espère – à ne pas les effacer alors même qu'on ne les avait ni abritées ni vraiment écoutées.

Je me décide à envoyer un message à Nathan. Ce n'est pas mon amoureux, pas non plus mon ami, mais peut-être qu'en ces circonstances, je peux m'appuyer sur lui tout en maintenant mes prudentes distances. Je lui demande de m'aider à organiser une marche en hommage à ma mère. En dépit de l'heure tardive, mon portable vibre environ trente secondes après : il accepte, glisse une phrase gentille pour les jumeaux et moi, me demande si j'ai des directives... Je ressens le besoin soudain de me confier. À toute allure, mes doigts se mettent à pianoter. Je ne veux pas que ma mère demeure pour lui un nombre sur une liste lugubre, une étrangère.

Je lui dépeins son généreux caractère. Je lui relate qu'elle a rencontré mon géniteur lorsqu'elle allait à la fac, et qu'elle a sacrifié pour lui ses études littéraires. Elle a également abandonné ses rêves d'inventer de merveilleux récits pour enfants car, selon lui, ce n'était pas important, juste une lubie pour des inepties. Il ne l'a jamais su, mais elle l'a convaincu de me prénommer Lyra en hommage à l'héroïne de Philip Pullman dans *À la croisée des mondes*, sublime cycle de fantasy. Ce fut le dernier acte de résistance littéraire de ma mère – qui vivra avec moi –, au nez et à la barbe de mon père.

Quant à elle, elle portait le prénom le plus précieux de la Terre : elle s'appelait Aure. Un prénom d'héroïne aussi, de princesse, de guerrière, qui ne méritait pas de finir ainsi, ses envies et sa vie éteintes trop tôt dans une nuit incolore…

Je cesse de taper sur mon écran, et je comprends. Ne plus me taire, parler, voilà ce que, à mon échelle, je peux faire pour elle, pour moi, pour mes frères. Pour celles qui l'ont précédée. Pour celles qui la suivront encore si aucun voisin ne se remue, si aucun gouvernement ne met en place un plan suivi d'actions dignes de ce nom, si on ne lutte pas véritablement contre les violences. Je n'accepte pas, je n'accepterai plus, qu'on se contente d'attendre les bras croisés que toutes les femmes maltraitées se voient réduites au silence et que leurs orphelins portent leur deuil pour le restant de leur existence.

Je te le promets, Maman : puisque l'inertie t'a condamnée, je ne permettrai pas aux gens de t'oublier. Ton histoire, je ne la raconterai pas qu'à Nathan. Je vais la répéter à satiété, l'écrire, la crier. Le monde entier connaîtra tes couleurs et ta douleur. Plus personne ne se détournera.

Aure, à jamais, je serai ta Fille, ta Plume, ta Voix, ton Éclat.

Hier, Papa a tué Maman.

Ce fut un jour fatal, plombé longtemps par la couleur du ciel et les hurlements. Un jour gris. Gris comme le cœur des indifférents.

NOTE AUX LECTRICES ET LECTEURS

Si jamais cette lecture remue des choses en vous, si elle fait écho à une situation que vous vivez ou que traverse quelqu'un que vous connaissez, ne restez pas seul·e avec ce poids.

Si vous le pouvez, n'hésitez pas à en parler à une personne de confiance : proche ou membre de votre famille, prof, médecin, infirmier·ère scolaire ou autre.

Heureusement, tout le monde n'est pas comme la Générale-Major ; nous avons parfois sans le savoir l'équivalent d'un M. Bilici dans notre entourage, prêt à nous tendre la main sans jugement déplacé, avec bienveillance.

Il existe aussi des numéros à contacter, des associations qui peuvent vous aider ou vous aider à soutenir un proche :

LISTE (NON EXHAUSTIVE) D'ASSOCIATIONS OU NUMÉROS À CONTACTER

– Fédération Nationale Solidarité Femmes (FNSF)

Constituée de 67 associations réparties dans toute la France, la Fédération Nationale Solidarité Femmes s'engage aux côtés des femmes pour leurs droits à la liberté, l'égalité, l'intégrité, et les accompagne vers la sortie de la violence et l'autonomie. Depuis sa création, en 1987, elle gère aussi le 3919.

– 3919

Le 3919, ou Violences Femmes Info, est le numéro national d'écoute, d'information et d'orientation des femmes victimes de violences : conjugales, sexuelles, psychologiques, mariages forcés, mutilations sexuelles, harcèlement... Il s'adresse aussi aux proches des victimes et aux professionnels de santé confrontés à cette situation. Le 3919 est gratuit, anonyme, constamment accessible, et ne figure pas sur les factures de téléphone.

Attention, il ne s'agit pas d'un numéro d'urgence. En cas de danger immédiat, appelez le 17 pour contacter la police ou la gendarmerie.

— 119

Le 119 est le Service National d'Écoute de l'Enfance en Danger. Ce numéro d'urgence s'adresse principalement aux enfants confrontés à une situation de risque et de danger pour eux-mêmes ou pour tout autre enfant dans leur entourage. En cas de doute sur leur sécurité, les proches, les voisins, la communauté éducative, les professionnels peuvent également consulter ce numéro. À l'instar du 3919, le 119 n'apparaît sur aucun relevé de téléphone et peut être composé partout en France et dans les Départements d'Outre-Mer.

— La Maison des femmes

La Maison des femmes est constituée d'organisations à but non lucratif, disséminées sur tout le territoire français. Leur mission : aider les femmes, en difficulté ou victimes de violences, à s'émanciper en leur proposant de l'aide, de l'écoute et des soins adaptés à leurs besoins.

Cette liste n'est pas exhaustive et il existe aussi de nombreuses associations ou initiatives départementales ou régionales. N'hésitez pas à vous renseigner sur Internet.

Courage. Vous n'êtes pas seul·e.

♥

REMERCIEMENTS

Merci beaucoup à toute l'équipe Scrineo d'avoir été touchée par ce texte, si important pour moi.

Un immense merci également à la très talentueuse Hélène Druvert pour avoir accepté de réaliser la couverture de ce roman.

Enfin, un merci tout spécial à Floria Guihéneuf. Floria, tu es la plus génialissime des éditrices, je n'ai rien d'autre à ajouter !

Retrouve aussi chez ScriNeo

Au nom de nos rêves

Nola vit dans une chambre de bonne. Marwan travaille la nuit pour payer ses études. Célian ne sort plus de chez lui depuis le confinement. Entre angoisse et précarité, leur seul refuge est l'association « Liens publics », un espace de solidarité et d'espoir pour les étudiants.

Benjamin et Espérance, les bénévoles, y apportent réconfort, repas et soutien.

Jusqu'au jour où Roger, le propriétaire, vend le local.

Alors que l'association risque de disparaître, ils décident de se battre ensemble pour la défendre. Parviendront-ils à sauver ce lieu qui les unit ?

NOS VIES SUSPENDUES

CHARLOTTE BOUSQUET

Trois ans, déjà.
Trois ans qu'Anis court pour ne plus qu'on la rattrape.
Trois ans que Nora a préféré ralentir, pour s'arrêter de penser.
Trois ans que Milan s'en veut de n'avoir rien pu faire.
Trois ans que Steven a fermé les yeux, et qu'il avance dans le noir.
Cette nuit-là les a marqués à jamais.

Et chacun doit réapprendre à vivre, avec cette voix intérieure qui ne les quitte pas.
Cette voix qui ne cesse de grandir et ne s'arrêtera pas de parler. Pas tant que les coupables n'auront pas payé.
Alors que le passé ne leur laisse aucun répit, comment retrouver le fil de leurs vies suspendues ?

JUKE VOX

PASCALE PERRIER

Cassandra et Laly sont « les meilleures cousines ». Depuis un an, elles préparent leur grande aventure, au nom de code Juke Vox, pour fêter la fin du lycée. Une randonnée musicale, juste toutes les deux, pour promener leur voix et leur guitare de village en village sur les routes de France.

Mais un événement traumatisant vient bouleverser tous leurs plans : Cassandra est victime d'un viol pendant les épreuves du bac. Malgré tout, hors de question pour elles d'annuler leur voyage : c'est décidé, elles partent quand même !

Au fil des kilomètres, entre soleil et orages, rencontres et moments de partage, les deux jeunes filles vont apprendre à porter ce drame sur leurs épaules – en plus de leur sac à dos.

Chacune d'entre elle l'apprivoisera à sa manière.

Un road-trip d'une humanité lumineuse.

Donjons et Dramas

Théo Kotenka

Sur la chaîne YouTube Donjons et Dramas, Al, Marcus, Petrus et Mathieu incarnent quatre aventuriers vivant des péripéties dans un univers de fantasy. Et leurs parties de jeu de rôle attirent de plus en plus d'abonnés ! Pourtant, malgré ce succès, des tensions naissent parmi les quatre amis tiraillés entre la pression des familles pour les uns, de nouveaux centres d'intérêt pour les autres…

Alors, quand Coralie, une camarade de classe, leur avoue qu'elle est harcelée par un de leurs amis youtubeurs, le groupe, déjà affaibli, se disloque.
Entre harcèlement, trahisons et secrets, peut-on encore jouer quand tout devient plus sérieux ?

Un récit infiniment juste sur le monde de YouTube, qui transmet un message fort : la liberté et le droit d'être qui l'on est.

LE FRACAS DU SILENCE

FABIEN FERNANDEZ

Tout allait bien pour Tiril. Des amis formidables, un petit-ami respectueux et une vocation : devenir chanteuse.
Jusqu'à cet accident de voiture avec sa mère, il y a deux ans.
Depuis, tout a changé.
Désormais atteinte d'aphasie partielle, elle n'arrive plus à parler comme elle le souhaite.
Amis et petit-copain se sont volatilisés, même Mikkel, son meilleur ami, s'est éloigné. Sa future carrière musicale s'est envolée. L'injustice, la colère et le ressentiment se sont installés en elle.
Mais l'espoir vient parfois de là où on ne l'attend pas... Et s'il venait d'Amena, cette élève à qui Tiril n'a jamais parlé ? Cette nouvelle amitié lui permettra-t-elle de retrouver sa voie... et sa voix ?

UNE VIE AVEC SIMONE VEIL

FLORENCE LAMY

À 77 ans, Simone Veil revient sur les traces de son passé. Pour le 60ème anniversaire de la libération d'Auschwitz, elle se rend au camp avec sa famille et Anna, la fille d'une amie très chère. Avec émotion,elle témoigne et leur raconte son combat pour survivre à l'enfer, habitée par l'espoir et un instinct de survie puissant.

Plus tard, alors qu'Anna doit réaliser un exposé sur la loi IVG, significative dans l'évolution des droits des femmes, elle demande à Simone de lui raconter son parcours pour faire voter cette loi. Comment, malgré elle, Simone Veil est-elle devenue une figure emblématique du féminisme ?

À travers un récit juste et poignant, (re)découvrez deux moments clés du parcours d'une des personnalités les plus fortes de notre histoire.

Un avis, une suggestion?

Inscrivez-vous sur notre site **www.scrineo.fr**
et téléchargez des bonus, recevez
nos newsletters et toutes les informations
sur nos prochaines parutions !
Vous pouvez également nous suivre sur
nos réseaux sociaux pour être au courant
de nos dernières actualités :

@EditionsScrineo

@scrineo

@scrineo

Imprimé en UE par Rond Bleu Print

Cet ouvrage a été imprimé sur un papier issu de forêts gérées durablement, de sources contrôlées.

Loi n° 49-956 du 16 juillet 1949 sur les publications destinées à la jeunesse, modifiée par la loi n° 2011-525 du 17 mai 2011.